JN209079

歌集

光のアラベスク

松村由利子

砂子屋書房

＊目次

I

まれまれに　13
中世の闇　17
森のどこかで　21
本棚の向こう　25
手彩色版画　30
そっと告げたり　35
さみしき流刑地　38

II

嵐の予兆 43
大きなる足 46
ものみな湿る 50
鴨を数えて 54
「全国」という国 58
踏み潰される 62
秘されし言葉 65
穴 72
パンとペン 77

羊を選ぶ　80

III

つぶやき　85
たまご色　88
海溝の闇　91
水は彼方へ　95
三点確保　99
乳と蜜　103
薩摩隼人　106

手書きの時間　109
エウロパの海　114

Ⅳ

火の匂い　119
種子　124
象は歩めり　128
よくもよくも　133
夢の翼　136
失くした鰭は　140

土は痩せゆく　144
タジン鍋　147
#me too　150
海牛目　154
アルペジオ　158
小さく揺れつつ　161

あとがき　165

装本・倉本　修

歌集　光のアラベスク

I

まれまれに

てのひらに森を包めば幾千の鳥飛び立ちてわが頬を打つ

春眠にたゆたう小舟その櫂を取り落としたるような気塞ぎ

手仕事は人を支える日常の針目正しく生きねばならぬ

夢は舟　会いたい人をひとりだけ乗せて夜明けの海を漕ぎ来る

盗まれた地図に書かれた島の名のようにささやくあなたの名前

まれまれに真すぐなる美も在るこの世モーツァルト弾く午後は明るし

須賀敦子全集読めぬまま過ぎるわたしの時間　鍋が焦げつく

小さい林檎小さい苺スーパーになくて小さい経済が好き

永遠を生んでしまった女たち水の匂いを滴らせつつ

中世の闇

パンのみにて生くる悲しみくらぐらとパン屋の一ダースは十三個

免罪符買った粉屋のおかみさんみたいに募金の領収書もらう

「神の名をみだりに唱えてはならない」
「神ってる」が流行る浮世に十戒のひとつを思いびくびくとせり

告解を重ねる錬金術師たちゲノム編集粛々と進む

細胞は未知なる曠野魔女狩りのごとき騒ぎも忘れ去られて

泣いていた洗濯女は私です聖堂に差し込む光あれ

駆けつけて何するものぞ十字軍は戦わぬ回もありしと聞けど

中世の闇は深くて水車小屋の娘の髪が風にふるえる

笛吹きの笛の音がもう聞こえない（モスキート音？）暮れゆく世界

この世あまねく覆われゆかん粘りつくポピュリズムという暗愚の糸に

森のどこかで

夜の耳しんと立てれば流れ込む遠い呼び声樹下のささやき

かなしみのきわまる夜は古井戸に石を落としにゆくなり石を

甘やかに雨がわたしを濡らすとき森のどこかで鹿が目覚める

白い月は薄荷の匂い憎しみの絶えぬ地上を鎮めておくれ

花の種の軽さわたしの嘘のようといつか芽を出し咲いてしまうよ

わが鹿を夜に放たば一陣の風よりも疾くあなたを目指す

鹿よわたしの聖なる鹿よ焦がれつつ名づけることも追うこともせず

喉渇く抱かれたくなる雨降らす暗みゆくわが森の混沌

夢に会う人の唇やわらかく実らぬものの何と酸っぱい

本棚の向こう

ドロップスは日向の匂い入念にけばだつ紙を剥がした指の

パレアナもアンも健気な前世紀　天涯孤独という明るさに

いつだって少女は孤児に憧れる可愛いと可哀そうは双子

にっぽんに夢多からず『赤毛のアン』のふるさと目指すツアー廃れず

その島は多分わたしの中にある村岡花子の言葉と共に

幼年期のあかるき小道　山猫がくれたどんぐり置き忘れしは

図書館の『ちびくろサンボ』は禁帯出シール貼られて今も笑みおり

虎たちは絶滅危惧種となり果ててサンボのいない森も消えゆく

楽しみはこれに尽きるというような動物園の給餌の喧騒

ストレスが行ったり来たりをさせるのに子ら笑いつつ虎を見るなり

宇宙ステーションひねもす地球周回すかなしき常同行動として

地球脱出したしと思う夕まぐれイワトビペンギンの冠羽輝く

手彩色版画

本当に存在したのか疑えばドードー鳥も平和もおぼろ

完全な剝製はなく手彩色版画の中を歩むドードー

アルマジロ焙（あぶ）れば美味と記されてビーグル号航海記は楽し

ダーウィンの深き畏れは『種の起源』著すまでの二十三年

大航海時代の海の青さかな新大陸があった時代の

産業革命めでたくもなし職なくてマルコの母は出稼ぎに行く

ジェノヴァからアルゼンチンまで三千里　十九世紀は移民の世紀

ＡＩに仕事奪われ三千里越えて就職する時代来ん

新旧の大陸あれど刻々と限界国家の増えゆく世界

あまのはらふりさけみれば月という新天地ありこぞりて行かな

火星行き移民船発つ佳き朝にわが曾曾曾孫の歌う讃美歌

絶滅は危惧されずもっと恐ろしき未来がわれら人類を待つ

濁流に呑み込まれゆくタピオカのふるふるわれら大き口へと

そっと告げたり

羽繕いしているわたし明け方の雨はやさしく夢を濡らしぬ

小鳥来てそっと告げたりあなたしか渡れぬ橋が今宵架かると

傾いた筆跡の葉書不意に落つ古い歌集を繰る秋の午後

間違いの悲劇この世に多ければ笑うほかなし沙翁と共に

一揆という抗議行動いつの世も民衆は誇り高くあるべし

オクターヴ届かぬ手ゆえトランペットに転向したと青年は笑む

セロ弾きのゴーシュみたいなチェリストが気になっている四重奏団

人がみな上手に死んでゆく秋は小豆ことことこと炊きたくなりぬ

さみしき流刑地

布一枚広げるように夜が来て縁のあたりがほら、ほの紅い

眉太きわたくしよろし　いなごまろと男を名づけ愛でたき月夜

佐渡島マディラ諸島済州島なべてさみしき流刑地なりき

究極の遠流なりしか罪ゆえに地球へ送られたかぐや姫

たちまちに欠けゆく感じ名月をスーパームーンと呼ぶ軽薄は

欠けてゆく欠けてゆくああ満ちてくる自ら太る女の肝胆

栗名月とやはり呼びたき明るさは栗の実らぬ南の島の

II

嵐の予兆

日本一早い南の海開きやや誇らかに三月の島

花の多さは嵐の予兆ディイゴ咲く南の島に不安満ちゆく

砂漠から乾いた風が吹いてくるオレンジ色のTシャツしまう

週に二度台湾フェリー寄港してちさき爆買いというものを見す

日用品たくさん買って邪気のない笑み湛えおり異国の人は

スーパーに中国語あふれ整然と並ぶわれらの内なるつぶやき

気温ぐんぐん上がれば海は青くなる海神祭の前ぶれとして

大きなる足

足指をひらいてパーができぬ頃パンプスはわが戦友なりき

小さくて可愛い足が好まれるシンデレラまだ人気を保つ

小男は常に夢見る大きなる足もて世界を踏み荒らすこと

ハヤカワ文庫の棚眺めおり近未来ＳＦよりも現在（いま）が怖いよ

「反対の叫び空しく」押し切らる治安維持法成立のときも

気づかれずインコのように殖えてゆく小さな悪が国を滅ぼす

戦争は女の顔を奪うから半身のみの影がうごめく

月人は今宵も見るらんあかあかと地上に燃える憎しみの火を

戦病死にも似る無念決勝に進めず終わる選手の涙

いつどこで始まるかもう分からない戦争の新しき顔のぺかぺか

ものみな湿る

清明をまずシーミーと読むときに移住七年目の青葉雨

心より皮膚は素直に馴染みゆくものみな湿る島の六月

ツナ缶の箱買いという沖縄の習慣もわが日常となる

嘉永六年ペリー来航琉球にて水兵の狼藉事始め

夏だけはたっぷりとある南島に陸自配備の種子が蒔かれる

不発弾あまた隠されこの島も長き戦後を苦しみており

移住者は慎ましくあれ声高なメディアの森を抜けて佇む

沖合に大き白蛇くねらせて語気荒く風が何か訴う

外国に似た遠さかな東京もわがふるさとも「内地」と呼ばれ

鴨を数えて

平日のマチネー混めば東京はまだ大丈夫（なのか）日本も

にっぽんの大気は湿度高きゆえ和製マクベス血なまぐさくて

四人目の魔女になりたしわろき野心抱えた王を滅ぼすために

十二桁の数字届きて焼印を捺されたように背中が痛む

ジャン・ヴァルジャン五桁の囚人番号で呼ばれたあなた　日本も寒い

わたくしが焼かれる日まで付きまとう番号に好きな数字ないこと

どこまでも川は続くよ両耳に耳標ぶら下げ仔牛ら歩む

十桁の個体識別番号で母牛のことも雌雄も分かる

トゥール・ダルジャン鴨を数えて百年の歴史やれやれ焼き鳥喰らう

「全国」という国

本島のその先にある島なれば先島諸島と括られており

全国紙の配達されぬわが家なり沖縄タイムスも昼ごろ届く

十月の夏日の新聞白抜きの「土人」の見出し目に刺さり来る

フライデーにキリスト教を押しつけた無邪気か「土人」という蔑みは

椅子とりゲーム何度やっても一人だけ残され続けている沖縄

椅子ひとつ足りぬルールを押しつけて仲間だよねとまた押しつける

メディアとは太鼓叩いて笛吹いてその場限りの祭りを好む

一年の半分以上が夏の島「全国」という国は遠かり

＊

首都の雪ばかり報道するテレビ南の抗議行動続く

踏み潰される

対岸で誰かが呼んでいるようなかすかな頭痛　月は上弦

光るキノコ光らぬキノコ月光を浴びて密かに菌糸を伸ばす

海を恋うキノコか遠き潮鳴りに聴き入る耳のごとき冷たさ

天空より悪しき胞子は降り注ぎキノコ人間知らぬ間に殖ゆ

いともたやすく踏み潰されるキノコたち共謀なんてしていないのに

番号の付いたキノコを抜き出して鍋へと放り込む太き指

考える葦一斉に戦ぐとき雷轟かん否と言うため

考えぬキノコに罪はないけれど地球滅ぼすまでの増殖

秘されし言葉

あねったいという語に絡みつく暑さねっとり雨季が近づいてくる

バナナの葉たやすく風に裂かれゆき元の形に戻らぬ島々

八重山の詩人の嘆き遠つ世に封印されし言葉呼び出す

口にすることも恐ろし辞書にない言葉の抱く闇の深さは

初めて見る言葉なれども意味は分かる「日毒」は血の匂いを放つ

八重山の古き文書に「日毒」とやまとの国は記されてあり

大和とはヤマトゥと発音されること知っていますか沖縄方言（うちなーぐち）で

死ぬことも容易でなくてゾンビ学という奇妙なるもの流行りおり

ゾンビとは生ける屍暗闇に息ふき返す言葉にも似て

込み入った思考はＡＩにまかせてゾンビ化進む世界であるか

ＡＩもとことん強くなるがいい少年棋士の涼やかな頬

さくらさくら幾たびも散り教科書で習った日本が遠くなりゆく

四人いた兄四人とも戦死せし妹の手記しんしんと悲し

一人また一人と欠けて終わりたる「妹たちのかがり火の会」

平和へのかがり火揺らぐ世となりて無念きわまる死者たち思う

詩を問われ詩人は答う「一滴の血も流さずに世を変えるもの」

戦死者は静かに永く眠るべし前前前世も後世もなく

解毒する術もたざりし琉球の民の苦しみ今も続きぬ

長く長く秘されし言葉「日毒」に連なる一人なるか私も

*『日毒』は八重洋一郎詩集（コールサック社・二〇一七年刊）のタイトル

穴

飼い猫の戻らぬ夕べ南島にようやく秋の風吹き始む

誰の骨か分からぬ骨を隠さんとふためく夢をまた見てしまう

ふるさとの駅前は酷く陥没し何か不吉な選挙日となる

取り返しのつかぬ大きな穴穿たれわらわら惑う北米大陸

アメリカで暮らした六〇年代は月世界旅行のような遥けさ

メイド・イン・ジャパンが粗悪だったころ世界は若く輝いていた

二十世紀はよかったなどと思わねどこの先にある真闇恐れる

美しき野のあちこちに穴はあり兎にあらぬものも潜めり

スウィフトの恐れし不死がありふれた日常となる二十一世紀

スマートフォンで撮らねば見たことにならず網膜という薄きさみしさ

わたくしの中にも大き穴はありしとど濡れたる獣が匂う

書かぬこと詠わぬことは穴となりわが身冷たく風の吹き過ぐ

穴二つの意味を思えり人呪うときのまなこの闇深からん

くらぐらと口をあけたる穴いくつ時代はいよよ不機嫌なりて

パンとペン

若者は美味を求めて行列すフランスデモの意味知らぬまま

ひたひたと迫り来るもの漱石も徴兵逃れをしたという説

丸善の洋書売り場を思い出すあなたを最初に呼び出した日の

そのあまり安きに泣けてくる洋書大枚はたいた青春遠し

取り替えぬ覚悟あります落丁と乱丁だらけのわたくしの生

パンとペンどちらも大事パンばかり案ずるときに足もと崩る

戦争のレシピ手を替え品を替え出てくる世紀彩りもよく

羊を選ぶ

つながれた山羊ほそほそと草を食む南島の冬の陽射しは太し

若き日のガンジーが恐れつつ食べた牛肉の弾力知らぬわれ

それぞれの禁忌を思い結局は羊を選ぶ公邸料理人

水に流すという安逸を信じない砂漠の民の瞳の暗さ

お祈りを唱えて屠(ほふ)られる羊電気ショックを夢見ているか

人々は羊の恐怖知るだろうある日「羊の国」ができれば

「さけるチーズ」みたいに世界は引き裂かれ時が経つほど干涸びてゆく

Ⅲ

つぶやき

明け方の雨の滴を光らせて白きハイビスカス清らけし

ラジオ体操第二も忘れゆくからだ涼しき夏の朝の記憶も

冷蔵庫「強」のままなる島の冬弛緩してゆくわが二頭筋

パール・バック知らない若い人といて知識はそうね皺に似ている

ごはんつぶ一粒ずつがつぶやきでおにぎりみたいに怨嗟を囲む

好きだった人とすれ違う大道の明るさ憎しＳＮＳの

検索はしないあなたが見つかれば余計さみしいサイバー空間

中国の面白画像流されてメロンのえぐみ口中に湧く

たまご色

幼ごころはやわらかすぎず堅すぎずカルピス味のグミのやさしさ

夢の欠片たくさん落ちていた時代たまご色した昭和の記憶

南島に育たぬ夢のひとつにて編みものをする炉辺のわたし

温かい便座にすわる冬の朝安逸という罪思いつつ

世界中の人が使えば地球ひとつ終わる温水洗浄便座

プラスチックだらけの日々は層を成しなだれ込むなり亀の胃壁へ

深海に死の灰のごと降り続くプラスチックのマイクロ破片

インド製ユニクロのシャツのほつれ糸手繰れば今日も少女売られる

海溝の闇

美しい雑誌が一つ終刊し怒りつつ友は異動となりぬ

今世紀中ではあろう新聞の終刊号の見出し燦燦

ジョバンニが活字を拾っていた時代本はみっしり重たかったよ

「犬の耳」みな折り戻し愛犬を手放すように本を売りたり

紙の匂いたっぷり吸って東京の本屋の本にくらくらとせり

コミック誌相次ぎ休刊する初夏の書店はひんやり墓所の静けさ

勝ち組は平積みされて評されて工業製品のごとひしめけり

小説より奇なる事件が増えるからエラリー・クイーンも不遇をかこつ

燃える燃える本が思想が哲学が吉野源三郎は売れても

ああ書庫が図書館までも沈みゆく光届かぬ海溝の闇

水は彼方へ

記者だった駆け出しだった若かった現像液の匂いの彼方

青春は妙な記憶の寄せ集め入廷写真を撮る緊張など

印画紙に浮かび来るとき世界にはモノクロームの静けさ満ちる

暗室に籠もる時間が好きだった水は彼方へ流れ続けて

戦場の写真にもある黄金比キャパの構図は美しすぎる

アングルを変えれば違うものになる写真も歴史もあなた次第だ

銃撃を受けた憲法記念日の「輪転、止めろ」の声を忘れず

「人見絹枝以来」という声流れ来てモノクロ画面の太ももの見ゆ

銀メダル昔も今も口惜しくて人見絹枝の涙思えり

戦前の婦人記者なりし人見さんわたくしよりも上背ありき

三点確保

ひよこ豆煮つつ恋しく思い出す三千メートル級の山々

あの日何を煮ていたわれかコッヘルとつぶやくときに胸が疼くよ

ピッケルって鳥の名ですか山彦のことも忘れて海辺に暮らす

何もかも沈めたはずの沼に浮く捨ててしまったキャラバンシューズ

もう今はなつかしいだけオカリナと三点確保を教わった人

きしみ増すわが身を運ぶ乾くほど果実は甘くなってゆくのに

地図が読めて収入（意志）がある女　猫になりたい夜もあるけど

凧糸が切れる悲しさわたくしと月の間に張られた糸も

かつてもっと水を弾いた身体よ水に還れと声は命ずる

乳と蜜

仔牛から乳を奪ってきた歴史しろしろとどこか河は流れる

乳と蜜ゆたかに流れ人類の収奪はまだまだ終わらない

人乳が臓器が売られ八つ目の大罪として長寿加わる

ヒトの乳ネットで売られああ今日もクール宅急便の確かさ

春・卵子・母乳・わたくし　売買の許されぬもの抜き出しなさい

生きながら腑分けされゆく時代かな通勤電車にあまた積まれて

乳母という職業ありき鯨骨が女のからだ締めつけた頃

乳房削ぎ闘う女増えゆけばその名もて本が届く晩秋

薩摩隼人

駆逐艦に「野分」「萩風」と名付けしは如何なる人か満月仰ぐ

赤まんまほつほつ零す本音あれど昭和の妻は従順なりき

「初任地は屋久島でした」磊落な薩摩隼人の破顔なつかし

国生みののち滴りし島々か奄美列島トカラ列島

線路なき島に住みなれ鹿児島の路面電車をほおと眺める

飛び石のように島を渡り来し薩摩の人の果てなき野心

糾(あざな)える縄の端なり八重山に「黒糖地獄」なかりし幸は

サツマイモの生まれ薩摩にあらぬこと何か口惜しく読む琉球史

手書きの時間

海を越え手紙が行き来した頃の恋人たちの体熱思う

逡巡はインクの色を変えるから「好き」という字が濃くなりました

ガリ切りがわたくしの字のルーツです升目の中にちんまりと坐し

履歴書を電車の中で書いている若者の指白くて細くて

「いいね！」するよりも手紙が書きたくて友達申請見ぬふりをする

下駄箱がまだ学校にあるように活字という語も生き残るらん

タイムスリップせし狼狽を隠しつつ紙の新聞読む銀座線

万人の万人による明朝体　メールはメールで嬉しいけれど

英語圏の人の都合で配されたキーボードもて書く歌なんぞ、まあ

南米に赴任する友見送れば亡命するのを見送るような

全員が「いいね！」している戦争をあなたは否み続けられるか

鳩サブレの数だけ鳩が飛び立って世界が平和になりますように

エウロパの海

丸木舟　夜ごと漕ぎ出す湖は満月でしたという物語

背後から息吹きかける人がいて夢のわたしはやわく崩れる

悲しみの届かぬ岸辺エウロパの海にふる雨あなたの匂い

バルタザール天文学者を志す夜に輝き出す赤い星

ついと身を翻す魚火星にも水があったと知る嬉しさに

逢えばまた深き淵へと沈むから今宵の月は一人で見ます

Ⅳ

火の匂い

南島の夏は唐突やわらかな合着いくつも畳まれたまま

猫たちは何もせぬのが仕事なり緩衝剤として伸びをする

ブリューゲルの村に満ちたる濃き匂い風に交じりて初夏の島

共に棲めばあなたどんどん遠くなる知らない詩集を棚に見つける

詩のことを話さぬ二人もの食いて町内会費のことなど話す

桑の実の紫に指を染めながら残り時間のようにジャム煮る

砂糖なく戦なかりし縄文の歓喜思えり桑の実甘し

ミノス王の執するこころ監禁という名の森へ人を誘う

迷宮にそもそも出口などなくて廃炉ののちの道は途切れる

陽の下のすべては古し誘拐も監禁もあるギリシャ神話

億年の夢を呑み込み龍眠る谷あり双の乳房の真中

火の匂いさせてあなたは踏み入れよ緑滴るわたしの森へ

種子

水平線見つつ歯みがきする朝の二千回ほどわが島暮らし

月曜の朝の停電ピアノ弾き本読みしんとよき時間なり

青年の指に触れたき初夏のワインは渋み少なき赤を

地に落ちたマンゴー子らと拾いおり誰かの余生みたいな夕べ

ねむいねむい季節があった種子ひとつ水に沈めて見守っていた

食べ終えたマンゴーの種が発芽する夏の終わりのちさき喜び

種子こそが世界を救う飢えながら種子を守りし科学者思う

わが雨季は突然に来る今一度満開となるもののあれかし

そう、私、若葉茂らせ揺れていた。燃やされること恐れはしない
鬼皮に似たもの被り今日もゆくつやつや光るけれども硬い

象は歩めり

ひたひたと老いは迫るか寝転んでえいやと両脚通すジーンズ

思い出は画素の少ない方がいい大事なものは抜け落ちないから

モノクロの写真に彩色する技術セピア色した匂いが消える

大いなる皮肉のひとつセブン-イレブン最後の未踏地なる沖縄

やわらかな響きよろしきニホニウム勇み立つとき「ニッポン」現る

どこか摩耗してゆく世界コンビニで働く外国人にも慣れて

サリンジャーの新訳読めば若者は「すごくうれしいかも」と喜ぶ

うす味にあなただんだん慣れてくる感情淡く交わるように

何かもう海に撒くこと前提で死後のことなど二人で話す

黄ばみたる祖母の形見のネックレス祖母より象の死は切々と

ハンニバルの行軍のごと苦しみつつ象は歩めり絶滅に向け

ミルク色の霧に包まれ歩む影　死ににゆく象あるいは私

プラスチックは象牙の代替品なりき罪の連鎖は果てなく続く

よくもよくも

大鍋に放り込むのはかつての恋よくもよくもと木べらを回す

しっかりと泡立てるべし卵白はユジャ・ワンの弾くショパンのように

目秤といふよき技量われになく大さじ一杯の張力見つむ

智慧の実を甘く煮詰めてパイ生地に練り込むときのイヴの恍惚

しっとりと甘くかなしきかすていら出島栄えしころの女も

現地妻というもの昔も今もありシーボルトその髭面憎む

秋のまなこ乱反射せり浮島のいくつか風にふるふると揺れ

まなこ閉じぬように白鳥泳がせて孤心を隠す秋の湖

夢の翼

飛ぶために骨まで軽く進化した鳥よ乳房を持たぬ種族よ

リーダーを持たぬ鳥たち先頭の一羽はいつも入れ替わるから

ブラジル産鶏手羽肉の幾万が越えたる海におみなご（ラニーニャ）踊る

吹き替えの外国映画が増えてゆく旅行したがらない若者も

名作の新訳少し軽くなりバター風味が足りないような

水とお菓子、そして薬も売っているドラッグストア変に明るい

全粒粉のパンみしみしと噛んでおりメルケルは理論物理を学びき

気の回るアンドロイドの優しさと人語を話す鳥の怖さと

ＡＩが嘘をつくとき端子ひとつ抜け落ち人に一歩近づく

夢の翼あまた燃やせばこんなにも明るいぼくらの洞窟暮らし

三千年ぽっちの眠りより覚めて山噴火せり山豊かなり

失くした鰭は

寒風の恋しき真昼レジを打つ人の濃き眉われを突き刺す

島抜けの暗き歓び思うなり月に一度の東京出張

絶滅危惧種なること母に言いたれど鰻重届いてしまう帰省日

植物の葉の見分け方調べつつ腎円形にふと立ち止まる

友達ではありませんかと問うてくる取り持ち女みたいなＳＮＳ

わたくしの失くした鰭は珊瑚いろ夕暮れどきの空に落とした

東海道五十三次広重の腕太かりしこと確信す

湖底よりわれを呼ぶ声腕太きものの呼ぶ声　波紋広がる

取税人マタイ登りし木のように悲を抱きとる人となりたし

からだどんどん古びてほつれゆく秋よ水の記憶は淡くなるのみ

土は痩せゆく

朝はもう新聞と共に来ないから昼夜分かたず人は働く

植字工のおじさんのいたわが職場みんな活字が好きでしたとも

手仕事も手間も省かれ人類の指はつるつる画面を走る

働かず紡がぬ百合を善しとする聖書あるいはシンギュラリティ

牧草地の端にぽっつり百合が咲く役に立たぬという美しさ

耕すほど土は痩せゆく営々と人は過ちばかり重ねて

穀物が月で栽培される世の月の輝き人の輝き

やがて土に還ることわが最良の仕事だろうか草を引きつつ

タジン鍋

玄関の鍵穴錆びる南島に挿し込めぬ鍵もう一つ持つ

海を越え調律師来る昼下がり胸の音叉が少しふるえる

バイエルがツェルニーになりバッハになり光りては翳る子どものこころ

装飾音きれいに入れる心地よさバロック時代の袖がふくらむ

わたくしに触れてはならぬ調弦を怠りしのち楽器は割れる

タジン鍋忘れたころに登場しわれらが冬のこころ温む

ミツバチを飼いませんかと誘われて地平あかるむ島の冬かな

#me too

スクランブル交差点の端っこの私カラザが固まるように

均等法以前のことだ　#me too と今も言えないこと二つ三つ

身を飾ること少なかりし二十代濡れたフィルムを首から下げて

所有論・母性論みな笑止なり子宮移植で子ども生まれる

人工子宮研究ラボに飼われいし山羊のまなこに憐憫ありき

贈与とは文化であった女らも女の子宮もやりとりされて

病苦より逃れんとしてキリストに触れたりし指どこまで伸びる

人類の偉業ほきほき折れやすくパスタで作る建築見本

まぼろしの白馬みたいな雲ひとつ関東平野の冬空に浮く

鉛筆をナイフで削る集中と思い出せない女優の名前

クリスマスなき世界ありユダヤ系米国人へのカードを選ぶ

海牛目

サトウキビの花咲く冬は収穫の季節ほのかに甘き香流る

猫飼えば不思議なことば知り始む鉢割れ・手白・香箱坐(こうばこずわ)り

橋を焼くような別れがあったことホットケーキに浸みるシロップ

草食の生きものふくふく太るゆえ海棲哺乳類のぬくとさ

海牛目ジュゴンの泳ぐ海遠し人魚伝説語る人なく

海の草ひそと食みつつ生きてきた海牛目は二科四種のみ

陸を棄て海へ戻りし海牛目　争うことが嫌いであった

聖歌隊の「隊」に怯える自衛隊配備計画島を二分す

兵役にとられぬ齢の男たち嬉々としてフルマラソン走る

島の冬は暖かすぎてわたくしもブロッコリーも花芽が出来ぬ

花芽いくつ残っているか調弦のしずかな時間そろそろ終わる

アルペジオ

やわらかく真白きことば選ばんと絵本を訳す雨の日曜

若馬の駈けてくる午後　分散和音（アルペジオ）弾くときの指で卓を鳴らせば

子どもらも進化しており絵本より図鑑好むと学校司書は

小学生男子は恐竜にも飽きて変形菌に目を輝かす

オムレツを反す刹那に思い出すオヴィラプトルの「オヴィ」は卵と

ラスコーリニコフを真似て鉈振るう青年またも闇より現る

やわらかなファンタジーの花枯れるのみあり得ないことばかりの世紀

二一〇〇年この子もきっといないだろう人類滅亡いよよ迫り来

小さく揺れつつ

わたしは木あなたは鳥と思うとき抱くことのない鳥のたましい

沼ひとつ胸に抱えん一斉に鳥が飛び立つ朝を待つため

草原に置かれた銀の匙ひとつ雨を待ちつつ全天映す

口笛が遠く聞こえる　そらいろの卵をひとつ盗んだ記憶

絶滅した鳥の卵の美しさ『世界の卵図鑑』のなかの

「亡き王女のためのパヴァーヌ」しめやかに弾かん光が満ちてくるまで

ピアノ弾く無心に空は澄みわたり十指の記憶するアラベスク

静かなる入江へ舟を曳くように沈思あるべし小さく揺れつつ

鳥になるまでの時間を人として這わねばならぬ暗き大地を

あとがき

光と闇、きらめく水面、鬱蒼とした森……こうしたモチーフが自分の歌に繰り返し現れることを、歌集をまとめながら再認識した。自己模倣は戒めなければならないが、同じモチーフの反復は私にとって、明るみを希求する祈りのようなものだったかもしれない。

この数年間、世界はますます暗みを増したように感じてきた。温暖化をはじめとする自然環境の悪化や民主主義の変容、終わることのない民族紛争など、解決策の見えない問題が私たちを何重にも取り巻いている。

「アラベスク」は、ピアノ曲のタイトルやバレエ用語として親しまれているが、そのもとになっているのは反復を重ねる装飾文様である。この文様に魅力を感じていることもあり、拙い歌の連なりを小さな祈りに見立て、歌集タイトルを『光のアラベスク』とした。

＊　＊　＊

四冊目の歌集『耳ふたひら』を上梓して、ちょうど四年になる。その間に、実に多くの友人や知人を亡くした。いつも叱咤してくださった岩田正先生が二〇一七年秋に亡くなられたのは、とりわけ寂しい別れであった。「よく見る。そして、もっとよく見る」という先生の教えを折々に思い出す。今もどこからか「松村さん、こんな歌じゃダメだ。物事をもっと深く見なきゃ」というお声が聞こえるような気がしてならない。

馬場あき子先生には、いつも大きな励ましと勇気をいただき、感謝し尽くせない思いである。また、離島に移り住んだ私にとって、「かりん」の先輩、仲間との親交は何にも代え難い支えだ。

今回、初めて砂子屋書房から歌集を上梓することになった。詩人であり編集者である田村雅之さんと、数々の美しい本を手がけてこられた倉本修さんにお世話になる幸せを、深謝するばかりである。

松村由利子

二〇一九年二月

かりん叢書第三四三篇
歌集　光のアラベスク
二〇一九年 五 月 一 日　初版発行
二〇二二年一一月三〇日　再版発行
著　者　松村由利子
発行者　田村雅之
発行所　砂子屋書房
東京都千代田区内神田三―四―七（〒一〇一―〇〇四七）
電話　〇三―三二五六―四七〇八　振替　〇〇一三〇―二―九七六三一
URL http://www.sunagoya.com
組　版　はあどわあく
印　刷　長野印刷商工株式会社
製　本　渋谷文泉閣